coleção dó·ré·mi·fá

CASINHAS DE BICHOS

Hardy Guedes Alcoforado Filho

ilustrações de Mariângela Haddad

editora scipione

Gerente editorial
Sâmia Rios

Editora
Regina Mariano

Preparadora de originais
Sílvia Cunha

Revisoras
Amanda Valentin, Michele Tessaroto
e Erika Ramires

Editora de arte
Marisa Iniesta Martin

Programadora visual de capa
Aída Cassiano

Diagramadora
Fabiane de Oliveira Carvalho

editora scipione

Avenida das Nações Unidas, 7221
Pinheiros – São Paulo – SP
CEP 05425-902

Atendimento ao Cliente:
(0xx11) 4003-3061

atendimento@aticascipione.com.br
www.aticascipione.com.br

2017

ISBN 978-85-262-6548-6 – AL

CL: 735893

CAE: 213079

2.ª EDIÇÃO
16.ª impressão

Impressão e acabamento
Corprint Gráfica e Editora Ltda

Dados Internacionais de Catalogação na Publicação (CIP)
(Câmara Brasileira do Livro, SP, Brasil)

Alcoforado Filho, Hardy Guedes

Casinhas de bichos / Hardy Guedes Alcoforado Filho; ilustrações de Mariângela Haddad. – São Paulo: Scipione, 1997. (Coleção Dó-ré-mi-fá)

1. Literatura infantojuvenil I. Haddad, Mariângela. II. Título. III. Série.

97-0836 CDD-028.5

Índices para catálogo sistemático:
1. Literatura infantil 028.5
2. Literatura infantojuvenil 028.5

VEJAM SÓ COMO OS BICHOS
VÃO ENSINANDO A GENTE:
PRA TER CASA BONITA,
BASTA QUE SE INVENTE!

CADA UM DÁ UM JEITINHO
DE TER SUA MORADA.
CADA UM TEM UMA IDEIA
MAIS OU MENOS BEM BOLADA.

REPARE SÓ COMO FAZ
O ESPERTO **PASSARINHO,**
QUE CATA PALHA POR PALHA
PARA FAZER O SEU NINHO.

A **ARANHA** NÃO SE ACANHA.
COM SEU NOVELO DE LINHA,
TRANÇA ONDE QUER SUA TEIA,
ESCOLHE QUEM QUER POR VIZINHA.

O **MACACO**, MALANDRINHO,
NÃO QUER SABER DE TRABALHO.
ESCOLHE UMA BOA ÁRVORE
E LOGO SE AJEITA NUM GALHO.

O **GRILO** MORA NA FOLHA
E EU PENSO CÁ COMIGO:
DEVE SER O ÚNICO BICHO
QUE COME O PRÓPRIO ABRIGO.

LEVANDO MASSA NO BICO,
TRABALHANDO O DIA INTEIRO,
JOÃO-DE-BARRO FAZ CASA
COMO SE FOSSE PEDREIRO.

O **CARACOL** TEVE SORTE.
NÃO GASTOU TEMPO E DINHEIRO.
NASCEU COM A CASA NAS COSTAS
E MORA NO MUNDO INTEIRO.

O **CASTOR** É ENGENHEIRO.
FAZ BARRAGEM, FAZ REPRESA.
SUA CASA TEM PISCINA.
NÃO É MESMO UMA BELEZA?

CASA É TAMBÉM PROTEÇÃO.
O **TATU**, QUE NÃO É BOBOCA,
SE VÊ INIMIGO POR PERTO,
JÁ SAI CORRENDO PRA TOCA.

PRA FAZER A SUA CASA,
A **FORMIGA** CAVA FUNDO.
FAZ TÚNEL PRA TODO LADO,
PRA QUE MORE TODO MUNDO.

A CASA DO **MARIMBONDO**
FICA NO ALTO, PENDURADA.
SE ALGUÉM CHEGAR BEM PERTO,
CUIDADO, LÁ VEM FERROADA!

O **SAPO** CAVA UM BURACO
E UMA CANTORIA ENTOA:
VAI CHAMANDO A NAMORADA
PRA MORAR NA SUA LAGOA!

E ATÉ DEBAIXO D'ÁGUA,
MORAR BEM É UM DESEJO:
O **PEIXE** DISPUTA A TOCA
COM O **POLVO** E O **CARANGUEJO**.

HÁ CASAS DE TODO TIPO.
HÁ CASAS DE TODO JEITO.
PRA QUEM TEM O SEU CANTINHO,
NÃO HÁ LUGAR MAIS PERFEITO.

MAS A CASA DA **ABELHA**
NINGUÉM CONSEGUE IGUALAR.
COM TANTO MEL E DOÇURA,
É UM LAR, DOCE LAR!

Arquivo pessoal

Hardy Guedes Alcoforado Filho

Nasci em Niterói, em 1947. Além de escrever livros para crianças, sou compositor e produtor musical. Recebi o Prêmio Sharp de Melhor Música Infantil pela canção "Dobradura", em 1999. Atualmente, moro na cidade de Natal, no Rio Grande do Norte, onde realizo pesquisas sobre folclore e continuo escrevendo e compondo. Pela Editora Scipione, publiquei *A loja da dona Raposa*.

Mariângela Haddad

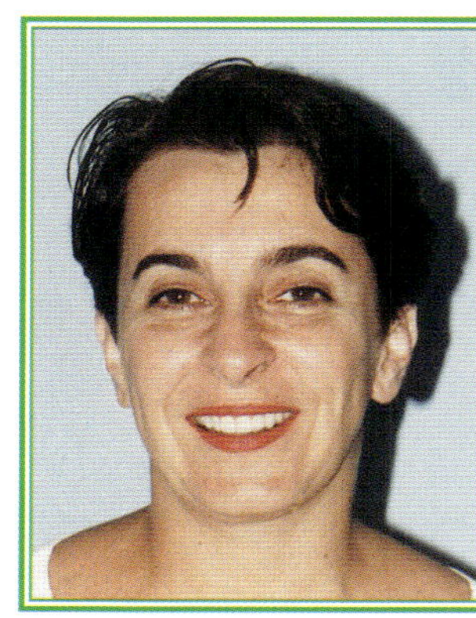

Arquivo pessoal

Mineira de Ponte Nova, rodei um pouco o mundo antes de voltar a morar em Minas Gerais. Fiz arquitetura em Paris, visitei o Líbano de meu pai e comecei a ilustrar livros em São Paulo, a partir de 1982. Ganhei várias menções "Altamente Recomendável" da Fundação Nacional do Livro Infantil e Juvenil (FNLIJ) e um prêmio de incentivo do Concurso NOMA, no Japão. Gosto de experimentar técnicas diferentes de pintura, *écoline*, guache, *crayon*, tinta acrílica e pastel seco. O *Casinhas de bichos* foi feito no computador. Há muitos anos, participo de competições de natação e faço aulas de canto. Ainda vou aprender a tocar piano...

Foto: Priscila Nemeth

HELOISA PRIETO

Escritora, professora, pesquisadora e tradutora, a paulistana Heloisa é formada em Letras, mestre em Semiótica e doutora em Criação Literária. Há quem estranhe ela criar um livro destacando HQ, mas afirma ser uma arte que emociona, diverte, faz sonhar e tem tudo a ver com ela. Que cresceu admirando as imagens das montanhas de gibis colecionados pelo pai e o tio. Assim que aprendeu a ler, começou a devorar todos que encontrava, como *O Príncipe Valente*, *Flash Gordon* e *Pato Donald*. Mais tarde, faltou espaço para guardar todos os super-heróis que ela mesma comprava, *Homem-aranha*, *X-men*, *Hulk*... além da *Turma da Mônica*. Já crescida, se apaixonou pelas HQs do artista francês Moebius. Os quadrinhos continuaram fazendo parte da vida adulta de Heloisa, mas na forma de mangás, apresentados pelo filho Lucas. Hoje, ela está por dentro de tudo que se refere às HQs de vanguarda graças à artista Janaina Tokitaka, a quem dedicou este livro.

RODRIGO OKUYAMA

Arquiteto formado pela USP, Rodrigo nasceu em Registro (SP), em 1979. Como ilustrador e zineiro, tem participado de várias exposições de publicações independentes, no Brasil e no exterior, com seu fanzine "La Permura". Também recebeu o prêmio Portfólio Especial, no 17º Salão Universitário de Humor de Piracicaba. Rodrigo utiliza diversas técnicas em seus trabalhos, como estêncil, colagens, nanquim e aquarela, além de recursos digitais. O ilustrador conta que "nunca tinha desenhado sobre um texto que não fosse de minha autoria, e começar com um texto de uma autora que eu admiro, como a Heloisa Prieto... foi fantástico!".

EQUIPE ORIGINAL:
MARTIM + JULIA + PAOLA
COM A PARTICIPAÇÃO DOS
NOVOS INTEGRANTES:
BIEL+GUIMÃO+LARA